Life's Wonders

Two true stories that turn challenges into wonders...

Anonymously Expressing

Cover Design: LMH Publishing Limited
Book Design, Layout & Typeset: LMH Publishing Limited

Published by: Jhennelle Wallace

ISBN: 978-976-655-054-7

The Transitional Happenings

Mi live roun' a di corner a Bridgeland Road inna di likkle Merl Grove colours house wid mi granny Pam and slim-thick model star body sista Kayana. Di house leak when it rain and di fly dem a bestie weh we see often nuh matter day or night. Dem 'ave we a Temple Run dung di place but dem nuh play fair cause we caah jump too hard pon di flooring dem cause we might reach a dem inhabitat. Sometimes is we neighbour we haffi beg Baygon fi keep dem out but dem just love di ramping suh dem always deh yah.

"Ma! Ma! Ma! Ma!" Mi mada voice.

It knock mi outta mi jottings and daydream fi better days.

"Ally guh open di door fi yuh mada cause yuh know mi caah move fast enough." Dat Ma Pam seh.

"A it mi di a guh towards," mi seh while smiling.

When mi reach di door, mi tek time open it just fi see mi mada wid wull heap a bag weh look like a clothes inna dem, suh mi just tek two from har and guh put dem down.

"Anna! Oh…yuh sis gone a work nuh. Oh well mi bring some clothes fi oonuh and a likkle supm since summer a come up. If dem caah fit yuh, yuh can give it to yuh sis," Jayanna, mi mada seh.

Mi done know seh dem caah guh fit mi suh every one weh she throw fi mi try seh slim fit, suh mi just tek dem and put pon di bed.

"Yuh know seh yuh can put dem aside til it can fit or guh do some exercise suh dem can fit. Cause mi nuh know a weh yah eat suh much fah," Jayana seh.

Jah know mi just shake mi head and walk weh toward di bed, then she come to mi fi give mi $1,000 and seh mi fi tek $300 and give mi sis di rest, then guh look fi har mada.

Ma Pam: "Wah gwaan mi child. How work?"

Jayana: "It alright. See a t'ing yah fi buy di gas. Oh um mi 'ave a money fi give har sis, ensure seh she give har yeer.

Ma Pam: "Left a food money to nuh."

Jayana: "Suh nuh last week mi left a money fi food. A Allyana alone a nyam. A mus dat. Yuh fi stop full har up a suh much food enuh. It nuh gud man. Nuh 'ave nuh food money dis week."

Ma Pam: "No a all a wi a eat di food, nuh Ally alone."

Jayana: "It nuh look suh but anyways mi a guh weh yah now."

Ma Pam: "Alright tek care an' be safe pon di road."

Jayana: "Alright love you, tek care too."

Mi just guh inna di corner near di kitchen and a wipe mi eyes dem fi stop di tears. After a while mi guh call up mi friend/bestie Janice.

Janice: "Wah gwaan gurl? Mi can smell di dislike weh yuh 'ave fi di ooman from a mile a weh. Suh weh she come with this yah time now."

Me: "Gurl di usual yuh know, she only bring fi har slim-thick model star. Gurl mi just wish mi di slim like oonuh suh mi can get things too."

Janice: "Gurl stop seh dem t'ings deh nuh man. Yuh nuh look nuh way. Yuh know weh mi a guh do, mi a guh snatch your thickness and see weh yuh 'ave fi complain 'bout."

Me: "Mi a gah Eyeland Eyewear fi yuh yeer, before yuh snatch supm weh nuh deh deh, anyways yuh gud?"

Janice: "Alright anything yuh seh. Mi deh yah gud…oh yuh know seh mi just a memba 'bout di school trip weh mi wah yuh fi guh wid mi and mi nuh deh pon di excuse t'ing wid yuh. "

Me: "Gurl yuh know mi nah guh wah guh cause a think a beach dem a guh or supm like dat an' mi nuh 'ave ahn, nuh ahn oh yes clothes, plus dem deh nuh mi scene."

Janice: "Gurrrrrrrrrrrllllllll nuh mek mi loud yuh up nuh further. As much as how di ooman nuh like yuh,

> *mi know di fact seh at least one piece a clothes must in deh weh can fit yuh not even Christ mi wah come confirm dat suh yah forward and ARGUMENT DONE!"*

Me: *"Yeah she buy t'ings but yuh know dem times deh rare plus she nah guh buy nuh bathsuit cause she a guh talk 'bout dem never 'ave none inna mi size."*

Janice: *"Oh alright but dat nuh mean seh yuh nah forward same way all if it mean we tun we hand a dat a guh happen and yah come wid mi pon di trip. Likkle enjoyment gud fi yuh enuh suh yah forward and mi done chat."*

Me: *"Yuh nah give up enuh. Alright lata."*

Before the call ended we both seh 'I love you' to each other then mi hang up. Soon after Ma P call mi fi guh buy a tin a flash out, ½ stick a butter and some rice fi dinner, then mi just drop asleep. The next day come quick essi, before mi coulda finish mi dream bout betta life nuh mi granny that a wake mi with har loud mouth fi guh get ready fi school. Mi get up but lick up mi foot pon something near di dresser only fi guh see seh is a book weh mark *Experienced Poems* and mi start look inna it and spot some poems. The first one was a poem weh name:

I AM ME – YOURSELF

Fat, Skinny, Black, White
I'm beautiful
Don't judge because
I'm not your figure type
Know me before you

Criticise
Then you'll see why
I'm beautiful
That's what I say
To the mirror

Looks shouldn't
Define my personality
No one should be
Termed ugly
We are all beautiful
I'm not just what you see
I could be more.

But you judge without
thought
Of what I could be
Or feel
I am Me
Looks ain't it
Personality is.

A.E

We are all beautiful and must not be downgraded based on silly factors: age, gender, colour, sexuality or size. Personality over all. You're beautiful.

The words dem just a replay inna mi head suh but mi know fat, slobby and outta every league whether it be: beach setting or career-modeling, cause everyt'ing a fi slim ppl suh mi nah medz that. Mi just throw it down and guh get ready fi school. Mi guh put on mi plain brown skirt weh wear with belt but it caah button suh mi nuh wear it along with mi white button-up shirt weh look like it might pop any time but mi still wear it cause a it alone mi 'ave. Mi reach school after mi eat di bread and butter with black tea. Mi a walk down di big hall of the greatest — St. Chayrhall High School weh nuff deh far from mi community of Grey Bow Town. A life-saver fi nuh youth enuh. Anyways mi a walk down di hall and some gal bounce mi.

One of the girls: "Sorry not sorry. Yuh bigness di a block di
way."
They all laugh.
Another girl from the group: "No man dat a enormousness."

Dem walk off after that, then mi see Jay a roll in.

Jay: *"Dem a trouble you again tho? A wah drown dem inna spoil bleach."*

Me: *"Gurl nuh waste yuh breath pon dem. Mi nuh really tek it to heart."*

Jay: *"Gurl a from 19 hundredths we a forward from suh mi know yuh."*

Me: ***Laughs***. *"19 hundredths…yuh love mek it seem like we old inna young body eh man."*

Jay: *"At least mi get a laugh outta yuh. Anyways mek we gah class and lata we discuss di trip and exams."*

Mi just seh alright then gah mi class dem weh seem to end quickly since two a di teacha dem did absent and di next two just give homework and just seh we fi revise since exam is near. We done a study already suh me and bestie nuh 'ave nutten a worry 'bout especially since we soon done exam. Mi 'ave two left back and she 'ave three but di two a we a finish dem up next week. We link up back a we usual spot whenever we get free time then start chat bout next week — exam and all.

JJ: *"Gurl how class did guh and yuh ready fi dem exam deh."*

Me: *"Class did alright just two teacha did present dem give work and do revision fi business and info tech, weh fi yuh? Yuh 'ave busiz , IT and soci. How yah guh cope with dat?"*

JJ: *"Gurl yuh know mi a study and a deal with eh*

> *case nice and proper. Mi 'ave dem lock, anyways*
> *memba yah fahwod fi next week enuh, gwaan*
> *save di likkle chi chi ching."*

Me: *"Mi nah medz yuh enuh caz mi done tell you a t'ing alright plus it nuh mek sense mi guh caz Ma P a seh fi ask you know who and mi nah do that."*

JJ: *"Shet up! Shut yuh blastid mouth. Mi know yuh 'ave money save up fi betta but enjoyment needed in life enuh, suh yah forward end of discussion. Mek we mek we way home now and gwaan study up likkle supm worse di weekend is a day away."*

Me: *"Mi nah med yuh enuh, anyways mek we guh home."*

We guh home but Jay come over and we gwaan ketch up pon studies inna di weekend. After the weekend we gone back a school now, exams dem come, done and everyt'ing but Jay still a convince mi fi guh and mi just give in and we guh. Fi seh mi sorry mi guh mi woulda a tell lie, but when mi did guh di gang come back with dem troubling 'bout di wull a mi weight a drop out a mi clothes and bare t'ings, which mi try fi ignore but dem words 'ave effects. Bestie come over after di trip and everyt'ing but deh yah a try convince mi seh mi thick like di ppl dem file weh a trouble mi and a dat mek dem vex but mi just feel supm missing cause mi nah see di thickness weh she a talk 'bout. Mi see har focus gone suh mi guh over to har just fi see di same poem book but dis one name:

BOLDLY U-CONFIDENCE

Even with all the flaws
I still think you're
Beautiful
You might not have
What others have
But you're YOU
Don't change
Look in the mirror
Speak on all your flaws
Deep down you
Know your IT

But fail to acknowledge it
Due to words by others.
Whenever you look in the
mirror,
Don't just look — stare until
inner beauty is sourced.
You're wonderfully made.
That body type looks good
On you.
That hair fits perfectly
You're you for a reason.

A.E

Having confidence doesn't just happen. It all starts with BELIEVING, BEING TRUE & BEING YOU.

After di two a we done read, she drag mi inna a close by mirror and speak on all my flaws while chanting I'm beautiful and make me believe. Mi just stop har plus she continuously a ask weh she can do fi mek mi believe, but she end up guh weh cause har mada a call har suh mi just left wid mi thoughts. One idea pop up fi try on clothes weh mi feel insecure inna but guh a di mirror guh speak on my flaws as what the poem said. After a few moments of trying on clothes and speaking on my flaws, I kinda felt pretty for once but sometimes it just disappear suh mi nuh know weh fi do. Suh mi guh call bestie fi see if she done help har mada wid cooking suh she can come back, but dem never done suh mi guh continue di process fi see if it a appear back but this time with di book in hand and gwaan medz di words dem. With much effort of convincing myself that I'm beautiful, I felt some type a way plus mi inna di place a jump up and down bout mi pretty.

Ma P:	*"Memba a board floor is like seh yuh wah we join di roach suh dem can have we fi dinner with dem fambily dem and friends."*
Me:	*"Sorry Ma, mi did get carried away."*
Ma P:	*"It betta be exams or supm good and not boys mek yah gwaan suh enuh."*
Me:	*"Yes Ma. A mi prettiness mi a jump suh fah weh mi nuh think nuh body can ruin anymore."*

The convo ended there and mi nuh stop chant 'bout mi looks but then start worry if nuh body can ruin it and weh mi woulda do. Anyways, di school did a mention ting bout rentals fi fifth form but mi did confuse suh mi guh check it out. Mi walk in a seh to mi self seh I'm pretty and a badmind dem badmind. I think it reach di point a Bellevue cause bestie di haffi a wonda if mi a get mad. With all a dis confidence mi nuh think nuh one can ruin mi again, then mi spot di gurl dem and again dem trouble mi but mi shock mi self and bestie when mi seh dem badmind in front a dem face and dem fi lowe mi. Mi did haffi give bestie couple shake suh we can reach bookroom early suh we nuh haffi see some ppl then she start hype mi up and bare t'ings and mi thank GOD fi har. Few weeks lata when we get break from school life mi and bestie a chill over mi house plus we did a gwaan try on some of the clothes weh you know who bring just fi see di same person barge in and mek we deh yah a jump. She come near mi and drag di clothes outta mi hand.

Jayana: *"Pass dis man. Mi know yuh can read it seh fi slim people only suh mi nuh know weh yah try, 'bout. When yuh stop eat suh much den dem might fit but fi now leave slim fit t'ings to yuh sis, yeer? Mi a lessen di money weh mi a give yuh granny fi cook caz yah mi nuh see weh yah get fat a guh."*

Me: *"Mi nuh know weh mi ever do yuh inna life but words hurt yeer and mi use to feel bad 'bout mi self caz a yuh and others but mi stop mek oonuh words trouble mi and I'm now learning to 'ave confidence and mi nah mek oonuh break it. Come yah bestie, mek we guh over yuh yard."*

Bestie did too shock suh mi just drag har wid mi and even I was shock about my outburst but I'm glad I didn't cry dis time. I would really like to thank the author personally for her/his inspirational words and mi thank GOD fi bestie everyday caz she nuh stop hype mi up. Confidence is what I have now which builds my self-esteem but at times it nuh 100% but then I would reassure myself. I would like to thank the author of those poems and hope they continue with their work because it's very helpful and shines a light on important areas of life.

Life's Best

There was this girl named Jahliayah along with her friends Alex, Nicholas and Diana who were termed the J.A.N.D Crew/Squad in the prestigious All Age Academy School where they are now on their last lap of high school. They would term Jahliayah as the smartest due to her presence in all classes, whether interested or not. Additionally, they're assigned to 7 subjects which Nicholas would do 4 inclusive of 2 skilled areas along with maths and English, while Alex and Diana would do 5 inclusive of 2 skilled areas, business, maths and English. They all are composed with knowledge about the streets and bookwise.

MEANWHILE IN JAHLIAYAH'S HOUSE

Papers are scattered everywhere, some with projects while others consist of overdue homeworks and study guides.

Grandma Sally:"Liayah! Memba yuh 'ave di plate dem fi wash, yard fi sweep and clothes fi pin out enuh and nuh in deh a chat wid nuh friends enuh. Friends nuh gud yeer."

Jahliayah: "Alright grandma. Mi soon do dem."

She rubbed her fingers against her head then let out a loud sigh which seemed to indicate a headache forming. She went to the desktop for her diary in which she started to write. It was a poem entitled STRESS! which goes:

STRESS! STRESS! STRESS!
Chores here
Chores there.
STRESS! STRESS! STRESS!
Assignments overdue
I'll call Sue
to help.
STRESS! STRESS! STRESS!
I'll press on
Free time nowhere to be found
I'll dance and sing
while doing chores
So I'm not overstressing
which is depressing
Assignments due but I'll still pause
to play games and listen music with friends.
STRESS! STRESS!
S - stay outdoors
T - to relax and
R - relieve
E- every single
S - stress on hand
S - so you won't be depressed.

After writing she decided to call her friends before attending to the tasks assigned.

Diana :   "Wah gwaan gurl?"

Jahliayah: "Nutten much just deh yah a study."

Nicholas: **Sucks his teeth** "Man a gad… Nah fi study. Mi done memba whatever di teacha dem a seh."

Alex :   "Dawg yuh know di ting set ee man. We got it lock, squat it or swap it —" — "We anthem" Nicholas interrupted.

Diana :   "Gurl yuh nah nutten a worry 'bout. We a do we likkle t'ing."

Nicholas: "We a study but nuh everyday like you."

Jahliayah: "Anuh everyday mi study a just memba mi memba weh di teacha dem a talk 'bout."

Diana: "Gurl bye!"

Alex: "Mi nuh believe! Like how yuh get sheg di time yuh study di wull book and nutten nuh come pon di exam."

They all laughed.

Nicholas: "Bredda mi just di aguh tek book serious enuh but dat a big sign seh mi nuh fi nerd out mi gangsta shit."

Diana: **Laughs** "Mi all memba how she coulda ansa everyt'ing enuh word fi word line fi line as how it inna di book enuh and 'bout how we a guh squats up some t'ings from har paper but mi nah guh mash up we medz and put weh we nuh know pon di exam." **Laughs**

Jahliayah: "Oonuh lowe mi nuh! Mi still a guh study — If yuh wah gud" — "Yuh nose haffi run!" they all interrupted then laughed.

Diana: "Ma Sally ever a seh."

Alex: "Aye oonuh done affa exams now weh oonuh a seh 'bout di party weh a keep fi di last week of finals? Jah Jah nerd ready fi sneak out again?"

Nicholas: "Bredda a nuh that, a gangsta nerd mi g but do yuh t'ing."

Jahliyah: "Mi nuh think mi a guh forward enuh cause mi nuh know."

Diana: "Gurl chill yuh self and medz this. A yuh last year a school plus yuh know we woulda help wid di sneak out t'ing. Gurl mi wah yuh forward and yuh know we always step out as one and in dis together, suh gurl we wah yuh fi deh deh."

Jahliayah covered her ears while shaking her head repeatedly, side to side.

Jahliayah: "Aye mi nah listen to oonuh enuh cause mi always a give in…but weh oonuh seh a true enuh but weh mi woulda tell Ma Sally seh? Mi coulda tell har dem a 'ave meeting…no that nuh mek sense. Mi can tell har Miss seh mi fi stay back and help with supm. Mi caah bother enuh." ***Sighs***

Diana: Look pon gud gurl gone bad but anyways mi glad yah decide fi forward and nuh bada change yuh mind now enuh."

Jahliayah: "Jah know mi nuh know why mi alway a give in to oonuh enuh."

Alex and Nicholas : "It fun."

Diana: "Plus yuh love we and di adventures."

Jahliayah: "Anyways bye guys. Mi a guh think of supm and
*   get back to oonuh. Bye."*

The call ended and Jahliayah proceeded to the tasks that needed to be done. After completing her chores, she called her grandma to inform her of her whereabouts the week of the exam and party. With many convincing lies told by Jahliayah, her grandma granted her permission after realising her importance to the meeting. The finals/party week came by quickly and all the students were excited for many reasons, some which included: graduating, high school memories created, new journeys along with much more. It was now a tradition for the fifth formers to host an event varying different themes annually after the CXC/CAPE exams. The day finally arrived for the event entitled "NOW GRADUATES" are overjoyed with the happenings. Jahliayah and Diana were dressed in tight-fitting spaghetti strap dresses — with a split on Diana's dress. Jahliayah covered her pink dress with a jeans jacket while Diana's dress was blue which blended well with their footwear – white flat slippers for Jahliayah and a black flat slippers for Diana. They were jumping and moving to the beat, then the boys joined dressed in ripped jeans and loosely fitted coloured shirts. The party continued with them moving about until Jahliayah went to sit due to exhaustion. She was offered a drink by a stranger, which she refused.

Unknown guy: "Thickaz stop move suh man. Mek a move round a di back wid mi nuh."

Jahliayah: "Um, uninterested so bye bye."

Jahliayah screwed her face after noticing the unknown guy moving closer towards her. After being close enough, he grabbed her which resulted in alcohol being thrown all over Jahliayah's dress and a knee in the private area while Jahliayah escaped to a nearby bathroom.

While in the bathroom, Jahliayah splashed water repeatedly on her face then while reaching for some tissue, she spotted a reflection of the same guy in the mirror.

"Weh yah do in yah? Why yuh nuh lowe mi alone? Come out and gweh nuh bredda!" Jahliayah burst out angrily. She then proceeded to walk out but he grabbed her arms and pushed her against the wall while Jahliayah shouted repeatedly for him to leave her alone as she tired to escape his hold. The guy then tried but failed in stripping her. She used the opportunity to kick him in his groin along with a few punches to the stomach and face, then fled the scene and went straight home. Jahliayah double-checked to see if anyone was following her, then quietly went to her room. Thankfully, it was the weekend, which gave her time to replay her thoughts and how best she would conceal the happenings of that day. The weekend passed and now the squad along with the rest of the school body were practising their speeches, songs and everything graduation related. The squad engaged in a few chatter while watching the occurrence of the practice and waiting until it was their turn.

Nicholas: "Gangsta Nerd! Your time mi g."

Alex: "It nuh look like Jah Jah nerd deh a earth enuh mi gad, gwaan shake har or supm."

Nicholas: "DD! Call Gangster Nerd deh cause har time deh near."

Diana: "Alright…mi a call har and she nah ansa she zone out. Mi a guh shake and see wah happen."

Nicholas: "Mi a guh shake har and see."

Nicholas approached Jaliayah with a shake on the shoulder, which made her flinch. He called the squads attention then they encircled her, asking what was wrong, but Jahliayah concealed what happened by forming an excuse of being ok and her thoughts on the ceremony. The squad felt a different vibe and knew something was up but wasn't able to pinpoint what occurred. After a few moments, Jahliayah excused herself to check up on her grandma but felt worried after multiple tries without success. She informed the others and they agreed that it was strange that Ma Sally wasn't picking up. They didn't hesitate to depart from the graduation practice immediately.

Nicholas: "Jah know! Dat nuh sound like mama enuh."

Alex: "Yeah man Mama Sally ever 'ave di phone near har."

Diana: "Mi a pray seh nutten nuh do har. God mek she alright yeer."

Jahliayah: "Guys mek we just guh see wah gwaan and nuh start assume."

Nicholas: "True man."

Alex: "Mi a call mi bredda and mek him know weh mi deh."

They all departed to the house just in time to see Ma Sally with a few bags. They hurried over and assisted with the bags. A few moments passed where Jahliayah excused herself to her room to change out of her uniform. While heading to the bedroom, a hand covered her mouth and a needle pierced her neck which knocked her out immediately. The kidnapper then carried her over the shoulder out the window and into a waiting car which drove off immediately. Jahliayah's friends called her countless times but no answer, so they went to check on her. They searched the entire place but found no sign of her and proceeded to file a report without trying to worry Ma Sally. Ma Sally declared that they should go home and her Liayah will help with everything but they made an excuse that Jahliayah will be busy with school related matters. They gathered outside of her house in case she returned.

Diana: **(Sob)** *"Jah know mi shoulda guh with har enuh… Mi bruck di gurl code now. God just mek she alright mi a beg yuh and mi promise we nah guh sneak out again."*

Nicholas: *"Whoever a do this dem betta nuh mek mi find dem enuh. God just mek mi know a who and bring back har to we."*

Alex: **(Hisses teeth)** *"A from day mi a feel weird enuh. God just bring har back safely to wi back. How we even a guh tell Mama Sally?"*

They all went home praying for her return but to their surprise after the day had passed, Ma Sally phoned them curious about Jahliayah not being home that day. They lied again in order to lessen her worries. Days had passed with no information on their friend's return and continuous lies to Ma Sally. The squad missed graduation and decided to tell Ma Sally the truth.

JAHLIAYAH'S POV

After being kidnapped I was tied with my hands behind my back and also found it difficult to see anything to escape due to darkness. After a few minutes of struggle my wrist started to hurt. I paused upon hearing a click sound which I assume was the door opening.

Unknown voice 1: *"Finally can bang it any amount a time yah now. Jah know pretty and sexy eeh man especially wid dat deh curvy shape and roun' ass deh man…damnnn…chills."*

Unknown voice 2: *"Jah Jah yuh see pree mi g. Finally can fulfil mi sexual fantasies dem."*

Me: *"Mi anuh oonuh toy. Why oonuh nuh just kill mi and done from now? Jah know mi a wonda if oonuh nuh 'ave mada or sista."*

Voice 1: *"Yow chill yuh self. Yah 'ave nuff time before yuh see yuh Jah."*

Voice 2: *"We a guh gwaan mess aroun' den send yuh to yuh Jah."*

I tried to approach them but I fell due to my hands and feet being tied. With what felt like forever, the most disturbing actions were done, I was raped and abused continuously. After much fighting I gave up physically but mentally I just wanted to escape. Several days passed and I managed to escape. I entered the house through the back door and cried continuously when I reached my room. After my return, I was bombarded with questions but I stayed quiet which led to my friends and Ma Sally stop asking questions. I've become distant with any boy but Nicholas and Alex still tried their best despite my distant behaviour. Diana along with Ma Sally tried their best to help me forget it but it's not something to forget but get over, which will take a while. Eventually I began to live with the situation despite the few nightmares, flashbacks and zoning out of convos. After missing graduation, my friends decided to host a small function where I plan to surprise them with 2 poems I've written based on my experience. The first poem was to better make them able to understand what happened.

CREATED BONDS- FRIENDSHIP

A term which goes both ways
Exit and enter friendships
Some are the day that will stay
While others the night
Keep the solid ones
Not the liquid
Support each other throughout
Some friends do what others won't
Both great and ungreat acts
Friends should be kept
But some are lost
Surround with the energy you give

Not the ones who take.
Loyalty is a trait which good ones contain
Keep those ones
Keep the ones who clap when you win
And assist with losses
Have a friend that will say I will
Stay and still be around
Whether to pull you out
Or
Push you back in!
Keep those ones
And to that friend(s)
We are special together as one
Keep being you
Don't change for anything
That's a blessing to have you
As that friend
But a curse if
You leave.
THANK YOU MY FRIEND!

A.E
You're special and never switched up I thank you for always
being you and staying as you promised. I LOVE YOU!

The second is:
YOUNG LIVING- TEENAGE LIFE
As youth we struggle a lot
Rape, sucide, harrassment, abused,
The endless list of our encounters
We meet that small light
Light for hope

LIFE'S WONDERS

We call friends
They aid for awhile
Other times the light
Turns into night.
We conceal our secrets at times
Some can't be kept permanently
Others are forced to tell
Despite those struggles, we still
Stand
stand even when they sit us out
We stand even when we're exhausted
Until our feet get weary
We fall
Without no one to pick us up
We are strong without even
Knowing our strength
Keep standing my friend
Don't let your strength be
Without a fight
Keep
Standing
and
Pushing through!
MY FRIEND!
It's just a phase you
Will pass. Be the
Winner of it.

A.E

You have been through so much, why not continue til the end? Don't just end it without finishing it though. It wasn't easy just so you can give up. It's hard because it's worthy.